與泰同遊

馮比比・著

熱賣
加推

人生低潮時尋求四面佛、降頭、
古曼童及各式佛牌的幫助，結果
觸發了延續多年的靈異事件……

書　　　　名 ｜ 與鬼同遊
作　　　　者 ｜ 馮比比
內 文 插 畫 ｜ Pingman
出　　　　版 ｜ 超媒體出版有限公司
地　　　　址 ｜ 荃灣柴灣角街 34-36 號萬達來工業中心 21 樓 2 室
出版計劃查詢 ｜ (852)3596 4296
電　　　　郵 ｜ info@easy-publish.org
網　　　　址 ｜ http://www.easy-publish.org
香 港 總 經 銷 ｜ 聯合新零售 (香港) 有限公司
出 版 日 期 ｜ 2022 年 7 月
圖 書 分 類 ｜ 靈異故事
國 際 書 號 ｜ 978-988-8806-11-9
定　　　　價 ｜ HK$88

自序

我叫馮比比，師傅話我八字全陰，屬於靈異體質，所以有時會聽到、見到或感受到靈界朋友，2021 年 6 月中在社交媒體 Facebook 開始個人網誌「馮比比靈異分享」至今有約 8000 名追蹤人次，曾接受網台 D100《魅影空間》、Viu TV 節目《總有一瓣喺咗近》以及鬼王潘紹聰《恐怖在線》的訪問。

作為一個有全職工作的新手媽媽，每天抽時間創作無疑是很累，上年出了處女作《靈舍攪鬼》，得到很多您們的支持，而這正正是我寫下去的動力。

喺度，再特別講多次，世界上原本就無奇不有，正如我哋雖然見唔到空氣，但空氣的確存在一樣，今次《與鬼同遊》主要是圍繞去泰國呢個充滿宗教色彩嘅國家旅遊時與及一些讀者，包括自身接觸泰國佛牌而引發的一堆麻煩。

相信嘅可以當經歷，唔信嘅可以當係原創故事嚟欣賞。

如有雷同，實屬不幸。

目　錄

【旅遊靈異經歷】

目　錄

旅遊與其經歷

進入馮比比的靈異世界

1. 拜人樹做 SPA

由香港到泰國的機程只有 2.5 小時，加上以東南亞國家來說泰國算是消費低，而當地嘅風土民情、文化同美食都叫人難以抵抗，喜歡旅行的我也數不清自己到底去過幾多次了，簡單嚟講無論衣食住行，泰國真係好泰國。

由於泰國以旅遊業為主，所以當地有好多酒店，而且價格豐儉由人，無論您想平遊定豪遊都絕對得，而且就算三星價錢嘅酒店都絕對唔失禮，除了水清沙幼嘅沙灘與刺激的水上活動，另一樣好受歡迎嘅就係水療 SPA。

相比起被人當扭計骰又或撐生魚咁比人亂咁舞嘅泰式按摩，SPA 相對地較溫和，眾所周知，比比係好很 CHEAP 嘅，所以 SPA 呢啲高檔嘢如果唔係有人比錢我係唔會做嘅。

又一次係妹妹佢開口話好想試，見佢咁想試，我捨命陪細妹，幫佢選好咗泰國五星級「拜人地棵樹」嘅機票同酒店 +SPA PACKAGE，呢啲錢當然係佢比啦，佢出雞我都會出豉油嘅，我

就買咗旅遊保，上機前我仲買支水比個妹飲，係咪好 SWEET 呢。

去泰國已好像回鄉下一樣，好快我哋就到達酒店，泰國嘅高級酒店真係好多，這間酒店大堂比我想像中舊，但一去到佢哋就會向您提供一杯好靚嘅香茅特飲，令您有賓至如歸之感。

當日入到房間，床上還有迎新禮物，是一隻泰式小象的匙扣，除咗 Toilet 比較暗之外，當刻感覺良好。

休息一陣，吃了一個特別的午餐後，當日下午就是我們的 SPA SPA TIME，我們也未試過，就像大鄉姑出城一樣，興奮非常。

去到門口，裝潢很舒適也高檔，有兩位泰國姐姐一對一咁跟進我哋，佢哋遞咗一條浴巾同紙底橫過我哋，仲貼身到幾乎想跟埋我哋入去淋浴，我有一刻有個錯覺，下一步我係去做寵妃被寵幸呢。

入到去有三個相連嘅淋浴間，類似去泳池嗰種，我妹入咗第一格。我見兩個姐姐都慌死我哋會走咗去咁喺門口等，

進入馮比比的靈異世界

當我準備入第二格時，最入嗰格個簾係無門，
即係應該無人，但當我一開水，

我見到有好多水係無人嗰邊泡過嚟，而且係有好多頭髮。

我好奇怪，但更奇怪我聽到有個女仔喊。

我無理人地眼光，打住格仔咁行出去，
嗰度仍然無人、而且地下更無水漬。

我再次睇自己嗰格，那來什麼頭髮呢。
我跑去看妹妹那格也一樣，她說沒有看到頭髮。

算了。

我和妹妹被帶到另一間房間，門口有一個玻璃窗，
我肯定當時看到入面有一個ＳＰＡ技師，
穿著制服，長頭髮的。

門一打開。沒有了。
那時我已經知道，這裡有鬼。

做 Spa 做出禍

進入馮比比的靈異世界

但我沒有說，廢事嚇人啦。

我們半裸著背躺，技師用香薰油幫我們推背，
明明技師的雙手都在的肩背，
但我感覺到一雙冰冷的手在摸我的身體。
嘩，乜咁鬼咸濕…
不過我猜她有說話想說。

於是我嘗試感覺她想帶給我的話，
閉眼後，我也不知道是不是立刻睡著了，

我在夢境回到剛才的浴室，沒有任何客人，
有一名長髮技師打扮的女生在場用花灑沖洗地板，
可能地板太滑了，她失足跌倒，就是剛才的第三格，
由於她當時是最後一個在工作的，
頭部著地重創，加上頸上的鏈墜卡在去水渠道的夾縫，
令其動彈不得就這樣失救至死。

我看到她想著一個在笑的 BB 女，是她女兒嗎？

一個說普通話的技師說話吵醒了我，我把看到的東西跟她說，

她說半年前是有發生過同事失救，而且有很多同事也見過死者，
但老闆是外國人，不相信鬼神之說，也不同意找高僧回來超渡。

我要說的已說了，她說會再次反映，結果如何就不得而知了。

2. 捐棺材旁邊的靈堂肉餅鬼

曼谷是泰國的中心點，也是在泰國相對較多就業機會的地方，因此有很多離鄉別井去打工，很多來打工的人都是獨來獨往，沒有朋友，鄰居或同事都唔清楚對方嘅背景。

原來泰國很多客死異鄉者，有啲係唔知點搵佢屋企人，有啲係因為佢哋太窮，無能力幫死者入土為安。

泰國宗教文化入面，成日都會聽到做功德，當地有個機構叫義德善堂，自從接觸了這個地方，我每次都會去，疫情關係已有數年沒去不知道有沒有改變，每副棺木是 500 泰銖，然後有張粉紅色表格填寫名字，捐款後就把該紙貼在棺木上，再去上 20 支香，捐棺手續就完成了，而且捐款部是 24 小時運作的。

每次有交通意外，他們的義工隊都會最先到場，生的當然盡力拯救，但如遇到無親無故的死者，他們會把善信所捐的棺材無償的提供給對方，可以捐助棺材幫死者安葬，絕對係一個大功德。

有年我帶父母長輩們出遊，由於從芭堤雅出曼谷的路上很塞車，
而且當天還是下雨天，到達義德善堂時天都黑哂，我們停了在
堂的右邊，我平時是日間去的，所以我很小在那位置停車。

在我進去的一刻，如果有看過 B 殺獵車的話，您就明白我嗰刻
嘅感覺，有好多男女老幼嘅鬼魂圍在堂外，好不熱鬧。

有的相對比較完整，但可能都係馬路邊，所以更多是殘缺不全
的，沒有想像中的血腥，但有點目無表情倒是真的。

就在那裡十月圍城。

那天當我完成捐棺材後，我從側門想出去登上我們的車輛，一
出去，在極熱的泰國，我的毛孔在那一刻都豎起，像走進了愛
莎公主的領土一樣，寒氣迫人。

我肯定前方有靈體。

果然，我看到一男一女的靈體在我前方，我只能從衣服去猜測
他們的性別，因為，我猜是因為車禍而亡。

進入馮比比的靈異世界

男的那個明顯被壓平了,我不想這樣形容,但很似蒸肉餅,他們穿過我,向我的後方行去。

我是一個好奇心好重嘅人,於是我以眼神跟隨,後方原來是靈堂,距離不遠,就在 20 步間,而且有很多僧侶在誦經,然後有兩副棺木放在堂內較高的位置,死者遺照放在棺木附近,不同的是在照片架上掛了一套死者的衣服,就是我剛才看到他們穿著的。

過了一陣,我見到該兩名靈體先向他們親友跪別,然後站到幫他們誦經的僧侶旁邊叩謝,在僧侶對他們灑過聖水以後,兩人便分別走入棺木裡。

在離開的路上,我忍不住問車我們的泰國司機,原來泰國人過身後多以火葬形式進行,而泰國有超過兩萬間的寺廟都設有火葬爐,在寺廟裡辦後事的也是非常普遍,而他說一般因意外或車禍等非自然死亡的情況下,都會把死者衣服掛在靈照,相傳這樣死者會能隨著氣味找到屍身,各處鄉村各處例,祝願死者能安息。

捐棺材旁邊的靈堂肉餅鬼

3.JA DO JA 二手傢俱

位於曼谷市中心的跳蚤市場「窄唔窄」，相信很多旅客都有聽過，我是幾乎是每次必去，吃的穿的用的，應有盡有，像是一個極大的尋寶樂園，雖然去過無數次，但由於真的太大了（說有 3-4 個維園大也不為過），每次去，我也很興奮。

跳蚤市場內，分成很多區域，有衣服手袋、豐儉由人，由幾十泰銖到幾十萬泰銖也有。

泰國的裝飾品，其實蠻對我的口味，我喜歡簡單清雅的擺設，有年因為新居入伙，我的目標就在傢俱及裝飾區域，走進最大的一家店舖，可能他的位置較入，因此相對較暗，店舖分三層，入口的一層是沙發，床，衣櫃等大件傢俱，上層以浴缸、衛浴等為主，雖然好鍾意，但運費太貴了。

去到地庫，一落到去，我見到有個女仔嘅背影好慢咁向前行，我以為係其他客人或者店員，所以不以為意，呢度主要以細件嘅傢俱如裝飾擺設、燈籠、畫像等為主。

圖片來源：https://directory.coconuts.co/wp-content/uploads/2018/12/909_5.
jpg

進入馮比比的靈異世界

好快，我睇中咗一枝企燈，大約 1 米左右，下方是棕色的樹枝，在枝椏上點綴了十朵淡黃色的蛋黃花，說亮其實不，但藝術感很夠，而且只需 500 泰銖，不買白不買！

我相信很多人跟我一樣，買到平嘢固然開心，但買到樣睇落去好貴實際好平嘅嘢嗰種虛榮感同快感先係最大滿足感嘅來源。

嗰種飄飄然嘅感覺，令我相信係店員包起嗰盞燈時，我聽到有女人聲喺我耳邊叫我放低，我希望嗰句只係幻覺！

我發現剛才那個女人，此刻在店的角落睇住我，而且個樣好唔老嚟，直到我見到佢當場消失⋯，我才驚覺她跟我們不同。
我默默抱緊我的戰利品離開。

當天晚上住的酒店，其實我住過幾次。
之前一直都相安無事，嗰晚我回到去，
把燈再拆出來觀賞一下，因為我都預咗 hand carry。

我把插頭插上了，我躺在左手邊的床上。
手上的遙控器一按下去，燈著了。

仆佢個乖，原本好有藝術感，
點知個燈光反映落牆嘅影，呢刻好似一對女人嘅手，
仲要係好長好尖指甲嗰種。

原本泛黃嘅燈光變了紅。

我希望無眼花，大佬，我唔知佢係咪吊咗威也，
應該係，除非唔係。
否則，佢點可能係 24 樓嘅外圍同我揮手。

嗰下真係嚇啞咗，乜事要咁樣出現！
即係我偶像所講，做鬼係咪一定要我係奶奶呀咁出現。

好多時，當佢哋有嘢同我講，都硬係令我訓著。

夢境內，我見到個女仔，原來佢好靚。
佢當日拖住個男人，好 sweet 咁去到我當日去嗰間傢俱店，
佢訂咗一張沙發，然後試訓咗一張床。

是新婚夫婦嗎？我不知道。

進入馮比比的靈異世界

但我們都看上同一盞花花燈。

她當日就像我般抱著那燈,開心地離開。

出了市集不久,天黑了。

那是一條沒有街燈的馬路。

她左手抱著燈,另外一隻手在牽著一個人。

再一下,天旋地轉。

他們好像被從後方而來的高速公車撞倒了。

最後一眼,是倒在血泊的對方與救護車的閃爍燈光。

在我之前,有其他遊客打開這枝花花燈,

她就發現自己出現在傢俱店。

她跪在地上,背景是一個寺廟的樣子。

我看到有披著袈裟的龍婆(泰國寺廟中的和尚)。

到我再次醒過來,已是泛魚肚白的清晨。

當天的行程,就那麼剛好。

是曼谷市內的佛寺。

我知道,我要跟這戰利品道別了。

我帶上它出發。

從沒到過的佛寺，如夢中一樣。
我把花花燈，放了在佛像的一旁。
希望我做得對吧。

進入馮比比的靈異世界

4. 地下拳館的拳王

說起泰拳，我就想起那個木木獨獨，但好好打嘅 TONY 渣渣，
後來又睇咗套美麗拳王，我無功夫底，但感覺泰拳蠻帶勁的。

有次同朋友去泰國，我哋當日無刻意 plan 行程，
於是就叫當地導遊帶我哋參觀，喺度一定要提，
個導遊係大學生出嚟兼職，比比一直花痴咁心心眼，
上午都係去咗啲常見景點，BIG C、SIAM WATER WORLD
下午去完我朋友好 LIKE 但我覺得比人打一身嘅泰式按摩之後，

佢話帶我哋去睇地下泰拳，都好，未見識過。

去到拳館門口，我食咗最平嘅一餐晚餐，30 泰銖可以有碗美味
嘅船河加青檸特飲，之後我就跟住導遊。

一入到去，有啲似舊時公園嗰啲嘅無冷氣嘅室內運動場，中間有
個擂台。

不知為什麼，就是一種很哀傷的感覺。

圖片來源：http://img.mp.itc.cn/upload/20170118/d16e86cd8299430fb1422
24e39df1051_th.jpeg

在擂台邊有幾張相，有一個帶著金腰帶的。

我很相信，台上一分鐘，台下十年功這句說話。
很多事，除了天賦，更依賴 99 分的努力與運氣。
沒有那麼多打一場比賽就走到冠軍。

靚仔導遊話，地下拳館比較無王管但滿佈出人頭地嘅機會，因
為每場除咗普通觀眾之外，仲會有代理人同班主喺現場選蟀，
前者如足球經理人般發掘拳壇明日之星，而後者則如馬主選馬
匹般，挑選拳手去幫佢哋出賽賺取拳賽獎金。
大部份嘅拳手係冒起之前，有 9 成都由地下拳賽出身，因為一
旦有機被選中，佢哋嘅屋企人就有脫貧嘅機會。

台下有些骨瘦如柴的選手，他們的家人都在台下哭哭啼啼的簽
文件，聽說那是生死狀，場內還有人下賭注，觀眾下注的是金
錢，而拳手則是賭他的生命。

進入擂台之後，選手以逆時針方向對擂台繞圈，並在每一個角
落停下來祈禱向每個角落鞠躬三次，這是表現出選手對教練、
父母與祖先的尊重和感激的一個儀式。
在拳賽開始前我已發現有一部份前排觀眾席是沒人坐的，那可

是一個絕佳觀賽位置，我最初還以為就是那些 VVVIP 才能坐的，
到拳賽開始後，我懂了，那不是讓人坐的。

我見有工作人員在那邊上香，然後我看到那個金腰帶拳王的靈
體，他還是那副打泰拳的裝扮，只是半透明狀，除了他以外，
還有兩三名差不多裝扮的男拳手的靈魂都坐在那邊。

他們沒有太大的動作，就安靜的坐在那邊。

有一個蠻健壯的選手在台上準備，他的對手是一個火柴人，
說白了，就是如果火柴人有可能勝利的話，絕對是當爆冷門。
因為連我這個外行人都看得出強弱懸殊。

第一回合開始不久，火柴人就處於捱打狀態，
一個左勾拳雖不如電影般會飛出牙膠與吐出一堆口水，
但滿面是血倒是真的，他台下的家人忍著淚水，
因為他們是沒有權利擲白毛巾以示投降，他家人的生命，就只
值 5000 泰銖。

第二局一開始，健壯對手一下打中火柴人的腰間，我見他慘叫
一聲，面色慘白的倒地，其他人沒有太大的驚訝，由此可見，

進入馮比比的靈異世界

人命是如此不值一看；

就在這時，坐在觀眾席的拳王靈體移動到擂台附近，我見他作了合十狀，火柴人是不行了，因他的靈已淡淡的出現在擂台邊，之後與拳王與其他三位消失了，場內宣布餘下賽事取消。

導遊也在此時叫我們離開在外面等他，場外有介紹金腰帶的事，原來金腰帶拳王的靈體生前是行內其中一個知名拳王，成名後由他創辦這個地下拳賽，而他本人則早於數年前在一場拳賽中心臟病發而亡。

從那次後，我再也沒有看過任何拳賽，因為太殘忍了。

5. 對四面神許願

世界各地有無數信眾都深信泰國佛教，說到代表，一定非四面神莫屬。

很多人都會稱呼他為四面佛，事實上，他屬天神而非佛，因此該專稱為四面神。

四面神的每一面分別代表事業、財運、愛情與健康。很多信眾也有很多靈驗了的事件，然而，若你求事後答應了指定時間會還神，那麼您最好說到做到，聽說若不守諾言的話，會受到懲罰。最多人知曉是某明星的星媽，因發願後沒有遵守，到最後怪病纏身被四面神顯靈警告，最後她需在神壇前跳豔舞才告平息。

對於四面神的事績，其實很兩極，我聽說不是每人都適合向他求願。

對我來說，求神問卜的信念沿自希望，在一般人的思想下，如何為之靈驗？當然是求仁得仁，求子得子，但我們每人也不知道我們求的，是否就是對自己最好的選擇呢？

進入馮比比的靈異世界

我自己的經驗，試過兩次向其餘發願，祈求當時的戀愛順利，結果都分開了，那麼是不靈驗嗎？

我最初也是這樣想，後來一位泰國僧人跟我說，這是我的命中注定，我需要經過兩段愛情後才會遇上真命天子，那既然前兩段是過眼雲煙，為何要拖延？

那刻，我懂了。

我還是相信一切都是最好的安排。

面對愛情，真的不是每人都可以懸崖勒馬，有些人可以雲淡風輕，但有種人愛了就 all in ， 只能 all or nothing。
他們不明白愛情中沒有輸贏，只有愛與不愛，與及合適與否。

這事情發生在我朋友的妹妹身上，叫她玲玲吧（假名），當時她剛 20，青春少艾，由於還沒有太多的人生歷練，在眾多的追求者中偏偏選中一個虛有其表的，接下來的戲碼當然是該被騙的都被騙了，長大教會我的事，是不要耳聽愛情。

圖片來源：http://4.bp.blogspot.com/-LpaHz7tv_Ts/U57_CmS_ifI/
AAAAAAAAAng/8a7r-6SXwew/s1600/pp+06.jpg?_sm_nck=1

進入馮比比的靈異世界

對這種負心人，一哭二鬧三上吊只會令他跑更快。

玲玲每天以淚洗面，但仍然很愛那渾蛋。

結果什麼都拜，您跟她說拜紅綠燈有效，佢應該都信。

人在心慌意亂時，就好易出事，佢 fd 上 fd 識咗個叫雞批嘅人，
介紹去佢去咗一間泰國佛牌店。

店內有一尊像成年人般高的四面神，一般法相是金、金銅等組
合，但玲玲後來說那是全黑色，而眼睛是紅寶石的。

她拜了沒多久，每天晚上，男友果然回來了。

每次都跟她溫存很久，但從沒有留宿，因此其他人也沒發現。
我朋友還以為是玲玲已放下，所以放心了。

嗰個年代，好流行影貼紙相，而且影完都有本好似儲閃卡嗰啲
相簿去 keep，當日我哋影完，佢擺相嗰刻，我見到佢兩姐妹合
照。

我即時好緊張亦好失禮咁搶佢張相問佢幾時影，因為我係張相
見到有個黑影抱實佢細妹；我唔識睇相，但佢細妹氣色好差。

我嗰晚上佢家食飯，見佢細妹真人氣色更加差，我見到有個男
靈體坐咗喺佢妹張床，而且唔似一般靈體，佢家有土地而且好
多人，但佢仍然可以唔驚唔走，我只能提我朋友。

過咗一星期，玲玲肚痛，睇咗醫生食咗藥都唔好，家人怕佢有
事，但帶佢入咗醫院都仲係唔 OK，玲玲講咗之前男朋友晚晚嚟
佢屋企，又話肚脹想嘔好唔舒服，於是醫生同佢驗孕，結果係
雙線，但奇在照超聲波根本乜都無， 於是佢屋企就想搵個男主
角出嚟傾下負責任嘅問題，結果聯絡唔到佢，家人好嬲就報警
要告個衰仔強姦打算迫佢出嚟，根據警方調查結果，個男仔有
不在場證明，佢兩個月前因偷嘢在押，所以根本無可能去佢度。

奇怪，咁邊個上佢屋企……

玲玲大驚先終於把拜咗嗰個神件事講出嚟，結果佢姨媽係澳門
請咗個泰國師傅過嚟，佢一睇就話玲玲係比鬼仔跟，佢話鬼仔
同人樣會長大，如果係偏門嘅一樣會有色心，佢話玲玲拜嗰個
黑四面神應該並唔係神，而係四面鬼，當有人求願，佢就會根
據人嘅執念幻化成佢想要嘅形象出現，同玲玲行埋嘅係嗰個鬼，

只係迷惑佢而令當事人見到係男朋友，咁事主覺得準了，就會回頭或奉獻更多金錢或更多。

佢話由於鬼媾（即人與鬼發生性行為）會令人沉迷，當有一刻係事主自願，對方就可以入屋，更能操控，玲玲肚痛唔係病而係懷陰胎，師傅殺掉陰胎，隻鬼就會消失。

佢比咗一啲類似符水嘅嘢玲玲飲，過咗 3 日左右，玲玲類似出現月經現象，但排出嘅黑血味道好濃，排清次後，佢就無再肚痛。

泰國法師話玲玲同四面神有緣，原本喺玲玲姨媽搵佢嗰日，佢應該係返咗泰國，但早一晚四面神現身係佢夢中，叫佢幫一個女仔醫病，所以佢先留低，後來玲玲好返，親身過咗澳門多謝泰國師傅同四面神，佢亦成為四面神信眾，只要有時間就會過泰國拜神，佢而家已是兩孩之母，老公亦好錫佢呢。

6.Tiffany 人妖歌舞團

話說我明明發晒毒誓，決定以後都唔再踏足泰國，點知有日同公司嘅表姐，拎住張芭堤雅 5 天豪華團嘅行程表比我睇，係花花旅行社舉辦嘅、我記得價錢係 $2999@，住嘅係芭堤雅 6 星級有枝大結他嘅堅硬石頭酒店，膳食全包，都係食好西，又蝦又蟹又自助餐咁，好不吸引。

表姐：「有冇興趣去？」

我 ：「唔去泰國，上次仲嚇唔夠呀，咪攪我。」

表姐：「芭堤雅又唔同曼谷，唔同架，咁仲有冇興趣。」

我 ：「興趣我有，但 $2999 我無。」

表姐：「妖，死 cheap 精，我同老公比晒錢架啦，不過佢忽然請唔到假，我放低比您睇，您有興趣去自己去旅行社比 $300 轉名費就去得，我做嘢先啦。」

我記得佢講完係 3:30 左右，我哋係銅鑼灣區返工，大約 4:00 我喺恆隆花花旅行社比完 3 舊水轉名（相信我，我絕對係因為見表姐無人陪好慘嘅，所以我先咁快去比錢令佢安心。）

夜晚放工返到屋企嗰陣，我開始睇下啲行程，有珊瑚島暢遊、

進入馮比比的靈異世界

騎大笨象、水果園任食,然後我眼光停留咗係「蒂芬妮人妖歌舞表演 show」,由於當時係第一次接觸人妖呢個詞語,腦海閃過一下正英叔叔,但歌舞應該唔關佢事。

人就人,妖就妖,到底乜嘢係人妖?
滿腦子黑人問號,我決定開啟認真 mode。

當智能手機未興盛,互聯網仲未好發達,公司嘅電腦仲用緊電話撥號上網嘅年代,我第一次辦了我的圖書證。

圖書館嘅電腦,只可以借用 15 分鐘。
我發現 www 同 https:// 唔識,
倉頡、速成都唔識,熱心嘅圖書館理員埋嚟幫我 , 問我要搵咩資料。

我:「搵人妖。」

就係咁,我終於知道咗係咩,原來變性人可以好靚。

轉眼間,又去到出發日,可能已經出過一次門,又唔想大鄉里出省咁失禮表姐,所以我一路都壓抑住興奮到想一輪咀講嘢嘅

圖片來源：https://i.ytimg.com/vi/pDiGDl9aHDg/maxresdefault.jpg

進入馮比比的靈異世界

心情登機。

落地之後，我發現又係上次嗰個曼谷機場，我問表姐，又話芭堤雅唔同曼谷？佢話個 feel 唔同，我嬲咗，覺得佢呃我嚟泰國。

上咗旅遊巴 ，玩咗半日行程，食完晚餐之後，去到人妖歌舞表演現場，佢哋除咗把聲「take photos ,come here.」係男人聲之外，比女人還女人，表姐叫我咪亂行埋去影，要比錢架。

歌舞開始無耐，服飾加埋舞台效果，佢哋真心靚，場景啱啱轉，係跳緊泰國嘅傳統舞，我見到後排咗三表演嗰個女仔好靚，跳得好比心機，我認得佢 ，係上次圖書館網頁見過佢、由於彈藥有限，我決定只同佢合照，之後幾場我都見到佢有出場，唯一唔同嘅係佢無換衫。

完場後，好多人妖姐姐拉我，但我只想搵嗰個女仔影，搵咗十分鐘都唔見佢，導遊又過嚟催集合，我扯佢去登台照片嗰個壁報板，指比導遊睇，我話想同呢個女仔影相，見唔到佢，叫佢幫我問吓人妖 show 嘅員工。

5 分鐘左右，導遊話 2 個月前，一條落雨嘅公路 ，一個濕滑嘅

司機…原來嗰個女仔已經 gg 咗……但我明明見到佢啱啱仲唱歌
加跳舞 woo...

嗰晚，我夢見呢個女仔，搭住我膊頭合照，錫咗我一啖，仲雙
手合十咁講：「級搬卡。」定「級搬蝦。」事隔多年，我唔記
得咗。

但我醒返去刷牙洗面時，我塊面有好多閃粉，同有個唇膏印…

7. 甩頭甩骨馬殺雞

話說去完芭堤雅之旅後半年，

同公司表姐再次拎住布吉嘅行程表，埋嚟搵我，原來我哋有個共同 fd 想 join 佢，但搵唔到人同房，又唔想夾外人住，

所以問我去唔去。

我問：「個團幾錢？」

表姐：「4 日 $2699」

我答：「…諗吓先。」

表姐：「您出尾數。」

我答：「呢度 $100，嗰 $1 唔駛找比我。」

（我份人就係咁樂於助人，幫到人，無七所謂啦）

布吉比我嘅感覺，比較似去咗離島咁，都係主要出島玩下水上活動。

我哋嚟緊 3 晚，都會住喺一間蘭花溫泉酒店，類似三層渡假屋咁嘅形式，我哋住地下，地方好大以白色為主，有一張米白色嘅梳妝枱、一張白色嘅雙人床、兩張白色嘅藤椅，基本上只要打開玻璃門呢，就可以同陽光玩遊戲，而表姐同表姐夫住隔離

嘅相連房，只要打開屋中間度門呢，就可以互通。

第一日嘅行程，係出發去 PP 島，由酒店行出去沙灘，再由嗰個小碼頭坐船半個鐘就到了，導遊落足咀頭咁介紹島上各種活動，而我哋就選擇咗去浮潛。

我哋架船有 10 個人，大家首先聽從教練嘅指導，然後帶上裝備就可以喺指定位置開始，嗰個區域入面連埋我哋，大約有 4 團喺度浮潛。

帶住個浮潛鏡，喺清涼嘅海水入面，一邊聽住自己嘅呼吸聲，一邊睇下水底嘅風景，其實好寧靜，我以為我會愛上這種活動了。

過咗 10 分鐘左右，船家好緊張咁叫囉我哋上返船，而其他幾團嘅船家都一樣，然後我見到幾個船家用泰文喺度指手劃腳，然後啟程回岸，我當時心諗，唔通有鯊魚？

然後我見到船家們同導遊們圍埋講嘢，然後嗰日嘅浮潛活動就再唔開團了。

進入馮比比的靈異世界

午飯時間，導遊將浮潛嘅參加費用比返我哋，佢話原來係我哋浮潛期間，有船家見到浮潛區域內，出現咗一群魚，代表嗰個範圍嘅水底必定有大型動物嘅屍體，先會引到佢哋嚟，然後好邪地，如果嗰日繼續嘅話，一定有客會遇溺或失蹤，所以佢哋都有共識地會立刻停止當日浮潛，寧願退錢。

第二日，我哋就打算落 town 度行吓食下嘢，佢哋話想去泰式按摩，嗰時我仲未試過，咁又跟去試吓囉，我哋入咗一間中型嘅泰式按摩店，都乾乾淨淨嘅，表姐教咗我，如果想大力啲呢就嗌靚靚、細力啲呢就包包，如果痛呢就蓆，類似係咁，入到房，有好似橙花咁嘅香薰味，燈光比較暗，有 8 張地鋪，每邊 4 張，我哋 4 個係 1 邊，開始咗無耐，我見我對面嗰位都有個男人同男技師入嚟開始按摩。

因為我未試過泰式，我唔知原來泰式係好似比人打一身，左腳扭去右腳，右手扭返去個頭後面，我已經不停蓆蓆、包包，又讚佢靚靚，嗰刻，我覺得呢度其實係馬戲團練緊軟骨功！

除咗我鬼咁咁嘈，其他人享受非常！
到最後個技師將我對手向後反，然後用兩腳撐我起身嗰下～我諗起少林寺十八銅人。

當我坐起身時，對面個男人同我進度差唔多，佢同我微笑，我
也好尷尬咁笑一笑，
泰國技師對我運用佢最後絕招：lock 頸！
我覺得我會死。

個男技師都開始 lock 個男人頸；
佢 lock 甩咗佢個頭！
重要嘅事講三次，係甩咗！甩咗！甩 L 咗！

佢仲對住我笑！
又唔係人！吊！

離開時，我無意聽到表姐夫話幾舒服，
不過最衰呢度無男技師，力水差啲 ...

8. 大海嘯前的預告

「閻王要你三更死，誰可留人到五更。」

這次經歷，其實我之前從未提起過，雖然自己逃了一劫，但那次天災實在傷亡慘重，在那之後，我至今沒膽量再去一次。

2004 那年決定來一個不同的聖誕節，於是我們一行 4 人便買了去布吉的自由行套票，我記得原本我哋想 PLAN 5 日 4 夜，結果唔係有人拎唔到多日假就係唔可以提早一日，結果 4 日 3 夜 (2004 年 12-22 到 25 日)。

到咗出發嘅一日，大家都好開心，布吉機場相對曼谷細好多，我仲記得，嗰次係第一次係停機坪行樓梯落飛機，然後徒步行到入境關口，直接塔的士就去到酒店。

酒店係類似度假形式，近海嘅酒店沒有很高，大約 4 層高。

我個人很喜歡有陽台的房間，在那邊看著大海，吹吹海風。

很是惬意，香港的生活節奏很快，日子久了，會令人覺得壓力很大，因此，我旅行的選擇，會較傾向庸懶風的，隨心所欲的，

不用為了行程累得趴趴走。

我們只在市內走走,吃吃當地的美食,風土人情還是很好的,
只是不知為什麼,我常在耳邊聽到有人叫我的聲音。

晚上酒店的門口有很多美食攤販,有賣炸香蕉的,也有賣燒烤
串,還有水果切盤與一些紀念品的。

進入馮比比的靈異世界

當朋友們在買紀念品時，我站在旁邊，頭暈暈的。那些攤位彷彿在搖晃，我看到一個面目浮腫，穿著破爛泳裝的外國女生靈體，站在賣泰式飲品的攤位旁邊，看起來，好像想排隊似的。

我猜那水果檔主也看到，因我見她把一杯飲料，放在那女生的位置。

回到房間，那種像在水中飄的感覺一直存在，我以為是因舟車勞頓加上天氣皓熱，所以洗澡後我就準備睡覺。

那晚在夢中，我見到自己身處很髒亂的大海，有很多東西在我身邊飄浮，很多人在慘叫，還有很多屍體在我身邊沖走。

我記得有把聲音說：「快啲離開布吉。」

第二日，我哋去咗當地出名嘅 PP 島，我們去咗浮潛，
我第一次接觸呢項活動，也明白為什麼很多人會愛上，
帶上潛水工具，眼前是藍綠色的海洋，有很多小魚兒在您面前游來游去，您只會聽見自己的呼吸聲，繁囂的鬧市在那刻與您隔絕，好不寫意。

我們每人身上都綁著一根膠管，另一邊連接著船，這可以預防我們不知情下浮得太遠，而重點是要小心我們別進到船底的位置，因為這會很危險。

在浮潛一半時，我看到前方有兩隻很大的魚向我們方向游過來，由於我們都在類似防鯊網的範圍內，所以亦無好驚，我記得兩條魚係黑色底綠色紋，好似蘇眉魚有個豐滿嘅魚唇，當佢哋游近我，有股好大嘅力量將我撞埋船，船家即刻叫返大家上水。

我覺得好不安，最不安係條魚經過時，
我再次收到一個快啲離開布吉嘅指示。

我係咪癲咗！點解我會聽到魚話⋯

嗰日我一直都唔太舒服，同行朋友以為我撞倒。

返到酒店，同行朋友之一忽然收到電話，佢想延期一日嘅假期獲批。

由於我哋嘅機票可以改，所以佢哋想留多一日，我內心好唔情

願，但又唔想掃大家興，所以我無表態。

佢哋即刻上 AIRLINE 嘅網站想更改機票，此時又一個事情出現了，除咗 AIRLINE 個 WEBSITE 出現 ERROR，個個網頁都正常運作(包括 4 人的手機都顯示 WEB SITE 係 ERROR。) 打去客服亦唔通，我朋友嬲嬲豬，仲發咗個 E-MAIL 去投訴，結果改唔成。

去到最後一日，我哋去咗兩、三個景點，買好哂手信之後，我哋就回到酒店整理行李。

嗰晚，我明明好眼訓，但眼光光。

去到凌晨時份，我聽到耳邊傳嚟一陣好大嘅水聲，就好似滅火喉喺外面一直射水一樣，仲伴隨住一種好驚好無助嘅感覺，然後，我見到有好多對腳喺我天花板度遊走，就好似您坐喺泳池底，向上睇嗰種感覺，我覺得呼吸唔到，不知不覺間就迷迷糊糊地睡著了。

隔天去機場時，我哋收到 airline 回覆我哋電話嘅留言，佢哋網站無出現過問題，我朋友發嗰封 e-mail 仲喺寄件箱無成功出

到;登上飛機,起飛前我再看一眼呢個地方,嗰種不安感令我好唔明白,我從未試過係其他地方有呢個感覺。

到第二日下午,我見到發生咗世紀海難嘅新聞,我也知道當日我住的酒店也沒有幸免於難。

嬤嬤說大難不死,叫我去拜拜阿爺,我去了道堂,他們一見到我,即刻問我喺布吉時有冇咩奇怪嘢,我將嗰啲異像講出嚟,佢哋話原來係我爺爺同祖先盡力去提醒我,而同行另一個朋友後來講返,原來當大家講想 delay 一日嗰時,佢個心都有啲好唔想,嗰晚佢都夢到死去嘅哥哥,叫佢如期離開,千萬唔好留。

當有啲預兆出現或覺得事情有阻礙時,或者冥冥之中另有安排。

9. 馬路上賣肉粽婆婆！

國際機構 INRIX Inc 調查報告指出曼谷是全球塞車最嚴重的城市之一，有句話說：「曼谷塞車的時候，就是全世界最大的停車場」，因為平常塞車都是慢駛，最少可以魚貫而行，只是慢，而在泰國，一場不經意的塞車可以動輒兩、三個小時動也不動。

記得有次跟團，因我和幾個朋友不小心忘記了泰國跟香港的時差，不小心在購物中心逛久了，由於午餐的餐廳要求準時到達，我們也著實不好意思要幾十人等我哋，於是就上演一幕的士追旅遊巴嘅戲碼。

順手提下大家，泰國馬路好多，無論去邊，第一同司機講METER=(睇錶)，因為佢哋好興講一個價或坐地起價，第二，只要遠程記得講 HIGHWAY(高速公路)，因為同一條路，可以差三倍時間！

我而家能語重心長咁講，當然就係憑賴咗無數鑊等返嚟嘅智慧。嗰次我哋由芭堤雅出曼谷，就係衰咗無講 HIGHWAY，結果沿路

圖片來源：http://4.bp.blogspot.com/-BloyPh5UMQ4/T4mQkgvI1bI/
AAAAAAAAHZc/tOrFe1gTmfI/s1600/DSCF3564.JPG?_sm_nck=1

進入馮比比的靈異世界

一直塞車，去到曼谷市區更加係動也不動，司機是華僑，咁我哋就同佢八下泰國鬼故傳聞，佢講咗呢個佢哋的士界嘅傳聞比我哋聽。

因為塞車已經係常態，泰國嘅小販發現一個商機，就係拎住飲品、小食、紀念品等在馬路上向司機兜售，在悶悶的塞車過程，如果我係司機，我極大可能幫襯。

雖然可能生意會多咗，但馬路如虎口，有時如果大型車輛可能有盲點，所以亦有傷亡事件發生；的士司機話佢已經揸咗 30 年的士，佢話由芭堤雅出嚟曼谷，有一段係必經之路，由於佢主要做旅客，所以經常會往返呢段路。

司機話成日見到呢啲小販，其實都熟口熟面，佢印象最深刻係小販之中，有一個年紀好大嘅老婆婆，一般小販主要都係賣一啲比較輕身嘅物品，唯獨呢個婆婆每次都揹住一個好大嘅木桶去叫賣，佢賣嘅係泰北嗰邊嘅肉粽子，又大又好吃，而且價錢好平。

泰國都好多好心人，好多人見到婆婆年紀大，都怕佢危險或中暑，所以每次見到都好快就賣晒，有次佢係服務站見到婆婆，

一傾之下，佢先知道，原來婆婆嘅獨子係一個司機，好多年前由泰北出咗嚟曼谷搵食，佢好孝順，就算幾忙都每星期會抽一日返去陪佢，但有一年忽然個仔人間蒸發咗（傳聞佢仔已經係1990年泰國運油車爆炸事件中死亡），佢就帶住個仔最鍾意食嘅肉粽出去賣，佢一方面想搵返個仔，另一方面佢想其他司機可以食飽啲，唔好餓住個肚開工。

後來有次佢同行家食飯，知道肉粽婆婆係一次交通意外中身亡。

但在此之後，仍然有不少的士司機係見到已死咗嘅婆婆係嗰段路賣肉粽，有見到佢嘅司機話婆婆仍如生前一樣，慈祥地微笑賣粽，司機打算比錢，就會發現婆婆唔見咗，但傳聞如果見到婆嘅的士司機，如果有幫婆婆買粽，嗰日就會好好生意或收到好多貼士。

雖然唔知真定假，但媽媽真係好偉大，我只希望她早日與兒子重逢，母子團聚。

10. 拜陰廟

泰國是佛教國家,當地的僧侶及和尚地位很高,所以女生千祈唔好當佢哋英國士兵咁熱情又撓手又擁抱,因為男女授受不親,而且泰國人相信神明會在頭頂保佑,類似我們相信人有三把火,所以就算見到小朋友好 cute 都唔好亂摸頭,否則比人斜啤西面兼而有之!

去泰國旅行,特別係跟團,好多時行程入面都會有寺廟參拜,但要注意係泰國文化同我哋唔同,佢哋有好多唔同類型,例如有棵靈樹,有說可以去摩擦樹身有機會得到類似我哋六合彩頭獎嘅號碼,因為極多靈驗回饋,因此吸引好多當地人同遊客去拜。

泰國另一個特別之處,假如含冤而恨,又獲眾生拜祭因而得道成仙的,當地會稱之為陰神,而其中一個最有名的就係鬼妻娜娜,講到娜娜,其實曾經有將佢嘅傳聞拍成極為賣座嘅電影,相傳娜娜十分美麗,嫁雞隨雞,嫁狗隨狗,與丈夫之間相敬如賓,恩愛無比,後來因國家要打仗,佢丈夫被征軍,佢懷孕期

拜陰廟可以有求必應？

間，村入面可能有人妒忌佢美貌而無風起浪，有話佢紅杏出牆，有話佢勾三搭四，佢獨自面對流言蜚語令佢悲痛莫名，後來佢在家中難產，一屍兩命。

由於丈夫並不知道惡耗，佢唔知道太太兒子皆是亡魂，村內任何想向丈夫暗示者都會被娜娜殺害，直到東窗事發，丈夫知道事實後向高僧求助，看到娜娜被收服時於心不忍，許諾下世再為夫妻，娜娜才離去。

後來大家為了紀念佢幫佢立位，就係曼谷有間鬼妻廟，相傳去過參拜嘅信眾都話靈驗，特別係愛情、求子、家庭同財方面，但緊記向陰神求願必須還神，出得嚟行，預左要還，仲要還埋右。

除咗還神，就係最好唔好人拜你又拜，一定事前做下功課，如果大型旅行社帶你去，都仲叫放心小小，有寺廟就有善信，但藉宗教斂財不安好心的亦大有人在，沒有不喜歡金錢的人，只是有人以正途努力，有人以歪道賺取。

話說我有個做模特兒嘅朋友，化名 MAY 啦，因為呢行始終都有年齡限制，而且競爭者好多，佢當年 28 左右，已經比人叫老模，

但佢自己讀書唔多，當越來越多新人新面孔，佢好擔心自己嘅前途，呢行大部份只有表面嘅朋友，因為佢哋嘅工種，原本就係直接競爭對手。

佢公司老闆就係模特兒出身，因為泊到好碼頭，成功釣咗金龜上岸仲打本比佢開公司，係公司角度，我養你都係想你幫我搵錢，唔通開善堂咩，眼見 MAY 市場越來越窄，但由於有合約未完，公司唔可能白養你，於是老闆娘話自己婚前去泰國拜過鬼妻之後事事順利，於是就帶隊連埋佢同另外兩個半紅不黑嘅一齊前往泰國。

佢哋搭夜機到埗後，有面包車由機場接佢哋 4 個喺中途旅館稍事休息之後，第二朝一早有人帶佢哋出發。

大約兩個鐘後，佢哋去到一間寺廟，MAY 話有好多奇怪要求，例如出發前要佢哋預備有沾上經血的貼身衣物同一份女性禮物，如香水、化妝品同口紅，平時入寺拜神都係清香一柱，可以一堆人拜。

而佢哋當日去到係一個一個咁入去拜神。
MAY 首先要換上性感衣服，然後被帶入去，佢話神像係一個黑

色長頭髮嘅女性，有好多高級化妝品貢品，佢被要求跪拜，雙手向上奉上獻比佢嘅禮物，然後在心裡向其表明自己性名、出生日期同地址，同埋成願後如何還願，其實佢心知呢種儀式極之奇怪，但都行到呢一步都要頂硬上。

終於，佢表示自己要財源滾滾，出人頭地，並答應成願後每年親自回壇前還願，最後佢以將沾有經血的衣物，放在神像背後一個指定地方，然後壇內工作人員在該衣物割下一小角加上一小撮神像的頭髮交比阿 MAY，這裡的香油不是隨意的，好像要 12000 泰銖，算蠻高的。

說也奇怪，有份參拜的三人，回港後相繼被大品牌看中，瘦田無人耕，耕開有人爭，以前那些不錄用她的品牌，紛紛向她提出邀約，很快便紅到日本，更踏上國際舞台，風頭一時無兩，很多人也有此通病，人紅了，氣燄就來了。

最初一兩年，她也有回去寺廟，後來有年因工在外地一段時間，因此沒辦法去泰國，沒有回去的第一年，沒事發生，所以她都以忙為藉口沒有去。
第二年，她有三次品牌都獲邀去泰國進行，人在泰國，她也沒有回去還願。

事情發生在她最後一次由泰國回來，她有一個接拍國際品牌的
護膚品廣告合約的面試，那品牌一般只邀請一線模特兒或女星，
可見接下了意味著什麼，她的膚質向來得天獨厚，從小到大，
她連青春痘都沒有，在她面試前一個星期，她忽然夢見自己參
拜的情景，並有一位女性在夢中說最後一次機會。

然後接下來的幾天，她的工作都改了期，她有足夠的空檔時間
回泰國一趟，可是，她仍沒有醒悟。

結果，在面試前一晚，夢中那寺廟的女神像出現了，並在她面
前用指甲把自己的面畫出一個花面貓，面部傳來灼熱的刺痛感
令她醒過來，原本她打算用一個水份面膜令自己狀態更佳，可
是她不小心睡著了，而且還拿錯了果酸面膜。

她到鏡子前除下面膜，面上都被灼傷過敏，而且那些痕就像指
甲抓的，位置和夢中的女人一樣，結果那廣告沒了，工作也沒
有了。

由那天開始，她面上的疤痕，看了幾多醫生都看不好，就算回
去寺廟參拜後都沒效，幸好她賺到錢時買了房子，找了一份普

通文員工作。

當天有跟她去的兩位，在模特兒界大放異彩，聽說每次去還願都很大手筆。

還是那句，答允的事，無論對象是誰，也該言出必行。

不是每次的教訓，也是您能猜到的。

11. 泰國皮影戲

皮影戲是一種民俗傳統也是一種文化娛樂,透過使用平面而關節可動的鏤空人形,將佢置於光源與透明屏幕或布簾之間,演員透過控制人形去講說故事嘅傳統表演藝術。未有電視、電影等現代文化時極受歡迎,尤以有華人地區如印尼、中國、泰國、台灣較為流行。

有關皮影戲的起源,在古代中國有傳某進士曾向皇帝進諫,指出可透過皮影戲招到其已故愛妃之鬼魂,因此古時普遍認為皮影與宗教扯上關係。

皮影表演用的人形,最初以紙制,後來因容易破爛,因此轉為獸皮,如羊皮、牛皮等。

戲班行內人都知道禁忌,皮影戲亦唔例外,話說我哋當日去泰國參觀波它攬廟(Wat Khanon)內嘅泰國皮影博物館,導遊知道我們八卦,所以就同我哋講咗一個關於皮影戲嘅鬧鬼傳說。

話說好多年前有個戲班開班招人,有機會外出工作同賺錢,所

進入馮比比的靈異世界

以好多家境唔好嘅人都去面試，村入面有對夫婦都去面試，幸運地兩人同時獲聘，男人負責搬搬抬抬，女的負責做飯洗衣，班主是好人也包食包住，並為他們預備一間房間，對女生較為方便。

整堆男人之中只有一個女人，萬綠叢中一點紅，論您長相如何，在血氣方剛的男生眼中無疑是性感尤物，更何況女生本來就是個可人兒，那個負責工具的男人早已垂涎人家美色。

他是負責人形保養的專員，他深知禁忌，因為早在上一個戲班，他因偷竊被某一個演員看到，對方要脅要舉報他，有一個禁忌是假如人形的肢體，如手腳有破壞，則不能出台表演，否則負責操控該人形的演員會因而惹禍，會出意外，他故意在沒人為意的位置下手，結果那個要脅他的演員的人形，就在表演中途整個爛了，大家都嚇得臉色大變，負責嘅演員，直情嚇到即刻喊住下跪，一直講對唔住，當晚佢痴痴呆呆之後忽然跑走咗，第二朝被人發現佢屍體就訓係馬路上，死狀與那個破爛的人形，如出一轍，村長認為戲班不詳，下令解散，所以先去第二條村再重組。

話說有晚人家夫妻進行魚水之歡，那個工具人在偷看，滿腦子

泰國皮影戲

進入馮比比的靈異世界

猥瑣的畫面。

色膽包天。

他知道皮影戲用的男人形與女人形不能面對面重疊地放，因為
聽說會令團中女性被淫邪上身，變成人盡可夫的金蓮，戲班中
只有一個女人，他按捺不住內心的激動，當晚就把那在皮影人
形中最嫵媚的人形放在另一隻男人形身下。

隔了幾天，原本很討厭他的女人，果然在前往洗澡前，故意向
他拋眉弄眼。

他心裡癢得要命，跟隨去到洗澡堂，美人果然在了。心中的慾
火傾瀉而出。
之後每晚定時定候都有浴場之約，晚上也出現那些春夢，
他精神越來越差，下體越來越痕癢，整個就如活著的骷髏一樣。

有天在他溫存之時，雜工帶著一尊保佑大家平安的神像，
破門而入，入面那來其他女人，赤裸裸的工具人只是拿著一個
女人型在自瀆，
而神像接觸到那個人型整組變黑並出煙

雜工說已發現這事幾天，嘗試叫他卻沒反應，因此他猜想是中邪了。

那晚雖然救了他，但一星期後工具人的屍體被發現在放置人形的工具房，死時身穿結婚服，死狀可怖，手上捧著一個身邊圍著一堆女角人形，害人終害己。

泰國傳奇經歷

1. 與泰國佛牌結緣

人之所以迷信係因為見唔到明確嘅路，轉而求神問卜，求的不是答案，而是心靈上的慰藉。

呢段暗黑經歷有啲長篇，要分成幾篇啦。
開始前，我首先講明宗教本身係無問題嘅，但凡任何事情，一旦去到沉迷，便一定會衍生出其弊處，我係分享自己嘅經歷，而唔係要詆毀宗教，所以我希望啱睇就睇，唔好誤會。

人地話 暴風雨嘅前夕會風平浪靜，我唔知其他人係點，我只知道喺低潮期開始前半年，我已有一種好強烈嘅預感會有好多大鑊嘢即將會發生喺自己身上。

好嘅唔靈醜嘅靈 福無雙至 禍不單行。
半年間，所有嘢好似海浪咁湧埋身，
一波未平 一波又起 仲要一鑊勁過一鑊。

當有啲事突如其來，面對未知嘅結果，就會慌張，而人一慌張

進入馮比比的靈異世界

起來，往往就會理智盡失，除了迷失 還是迷失，生活亂得一團嘈，萬念俱灰，前路茫茫，意志消沉，危機意識薄弱，這是一個人最危險的狀況，既易墜落，亦最易受騙。

低潮中嘅人最想一定係快啲去返高潮，
因此，我開始尋求宗教嘅力量，妄想可以加快解開困局嘅時間。

最初我係求熟啲嘅佛祖、觀音、黃大仙，
但由於當時狗急跳牆，只想盡快解決各方面嘅困局，好多電影都曾描述過有關泰國四面佛、降頭、古曼童，各式佛牌的事件，
給人感覺係靈異、神秘而給力，
終於除咗被無良商人呃錢以外，
仲因為我亂請亂拜，而觸發咗延續咗好幾年嘅靈異事件。

我只能根據我一知半解嘅知識。
嘗時解返比大家知

泰國佛牌 - 最主要分為兩大類
正牌同陰牌
正牌一般係由泰國龍婆（和尚）/ 僧人 / 或白衣阿贊開光，一般可以係寺廟恭請，主要用於籌集修葺寺廟資金用嘅。

法相一般係佛像、高僧自身、菩薩等等
制佛牌嘅材料係花粉、香灰、符管
最重要係一定唔會有靈體附入。

陰牌同超陰牌一般由降頭師、黑衣阿贊開光
陰牌法相五花八門， 九尾狐、鬼妻、女靈而超陰牌更可以係例
如賓靈（天靈蓋）、手腳骨、死胎等
材料可以係花油、屍油、棺材釘 、人骨，牙⋯而無論陰牌或
超陰牌都係有靈、鬼，附喺塊牌度。

佛牌嘅功能好多，保平安、招財、防小人，夫婦和合、姻緣，
求事⋯
由於泰國佛牌我只略略懂皮毛，目的係令大家知道佛牌嘅正陰
牌分別，以方便再閱讀下一篇有關我請佛牌嘅靈異事件，唔該
唔好留言去糾正或執著我講嘅佛牌知識，那不是重點。

2. 一切由泰國佛牌開始

話說我當時希望救回我的家庭，最初我都係好溫和咁，拜下姻緣石、求下觀音，
和合二仙等等…之後慢慢開始演變去到每日都去問塔羅牌，我都唔知自己其實想要咩答案，隨著時間推進，事情仍如一潭死水，我開始失眠、變得抓狂，個人精神狀態越嚟越差。

有一日，我原本係想去旺角 cheap 之寶搵個朋友，點知佢遲到未返到舖頭，由於天氣好熱，所以我決定喺商場度閒逛。

商場嘅 2 樓有好多間以泰國佛牌店，以前經過我會行開，因為真係好大壓迫感，但嗰日我竟然停低咗睇，仲忽然覺得啲泰國佛牌好吸引，特別係有靈嗰啲，於是乎，
我第一次入咗去了解一下。

老闆向我介紹唔同聖物嘅作用同類別，
正牌、陰牌同超陰牌嘅分別，就係咁
我請咗第一個正牌，我記得係一個粉紅色嘅女王佛。

與鬼同遊

進入馮比比的靈異世界

然後，開始瘋了的每天都忍不住去唔同嘅佛牌店參觀同結緣，由佩戴型嘅佛牌⋯請到供奉型嘅佛像，由玉佛到招財女神，再由四面神到魯士頭，我的房內已儼如一座神壇，其實我應該要知道，房內係唔應該有神壇嘅。

事實上，泰國唔同嘅神與佛，都有唔同嘅供奉方式，而佛像嘅擺放位置，亦都有其限制，例如佛像，一般要放喺最高位置，而且有左右之分，但我當時供請嘅數量已令我無法跟得咁足，擺到一塌糊塗。

到底我供奉緊嘅佛牌同佛像有冇真正開光？我唔知。
有冇擺錯？我亦唔知。
有冇入咗靈？乜都唔知。

情況就好似眼耳口鼻獨立地分開睇都好啱，但放埋一齊錯 L 晒。

我只知道，開始每晚訓覺都覺得好大壓迫感、好似好多唔同嘅力量喺度對立。

我嘅磁場一日比一日亂，

精神狀態一日比一日差。

而當刻，我所有恭請的都還只是正佛牌與正神而已。
沒有人知道，我開始覺得我要更快解脫。
沒有人知道，正牌已不足以滿足我欲望。
有一股神秘力量在引導我去請陰牌。

3. 陰牌 - 我想，我開始被侵蝕了。

話說為了盡快走出困局，比比當時房中，已經儼如神壇，當時
壇上中已經安放咗好多正牌同供奉形嘅泰國佛像。

可能當時我供奉得唔好，所以事與願違。
可能當時我想一步登天，所以心煩意亂。
可能當時我早已被盯上，所以失去理智。

終於忍到下班，我再次踏進佛牌店。
只是這次，我的火力全集中在陰牌。

最初，我還算規規矩矩的裝著看
那些沒駐入靈的佛牌。

其實早在第一次參觀這店舖時，
有個駐入女靈的陰牌很吸引，
吸引得讓我一直念念不忘。
只是理性還能抑制著那個想擁有她的念頭。

進入馮比比的靈異世界

移高一點 再移入一點

直至行到入靈陰牌的陳列櫃前。

擺放著過千款陰牌的陳列櫃上，

我還是一眼就再次被她吸引著，

長方形的佛牌，法相是有五個女生的合照的女靈牌，背後有五個白色的不明物體，大小相若。

功效「強力鎖心、全能祈願、成效極快。」

「成效極快！極快！！極快！！！」我整個腦海中都被這幾個字佔據著。

「比比，這是五女靈牌，剛由泰國抵達。」老闆向我說。

我回過神來：「五女靈？？」

「這是五個性格不同，感情很好的閨密，

由於其中之一個為情輕生，另外四個不捨得她獨自上路於是一起自殺，死後他們去了閨密前男友家報仇，而他們自殺的地方

亦不斷鬧鬼，後來居民請了一個當地法力很強的巫師去鎮壓，
五女不敵，於是跟泰國巫師約定要五人一起協助佛牌擁有者以
將功補過，換取五人能一起投胎嘅機會。

巫師用傳統巫術約五位女靈駐入佛牌，並從屍骨取出每人一顆
牙齒令力量更大，
女靈們強於鎖心挽回及成願，力量亦係普通牌的 5 倍，所以成
效極快。」

「供金多少？」我問。
「你不如拎上手感受下啱唔啱先。」
老闆邊從陳列櫃把女靈牌拿出來，然後放到我手心。

前所未有的劇烈感應，天旋地轉。
女靈們的影像立刻出現在我腦中。
我感覺到她們的黑色力量，
夾雜著一種非請不可的誘惑。

她們⋯是在召喚我嗎？

供奉方法很簡單，每人一套衣服、化妝品，每日上香 ，許願前

與鬼同遊

進入馮比比的靈異世界

默念師父指定的咒語，向靈牌噴一次香水，然後心裡默念願望。

聽罷我竟然豪不猶豫的付了極高的供金，
把女靈牌帶走，然後我到香奈兒專櫃，買了 5 套化妝品及一枝
香水就急不及待的回家。

回到與父母同住的家裡有祖先靈位，所以我需要點 100 支香，
然後向祖先正式表態，我要把五女靈請進家中！

自從 5 女靈牌進駐後，除了她們，我沒法感應到其他靈體，包
括爺爺。

進入馮比比的靈異世界

4. 陰牌 - 我想，我開始被控制了

沒辦法感應其他靈體，是因為我當時就像一個 wifi，五女靈姐姐就在我附近發射訊號，訊號繁亂又如何感應？

自從請了女靈姐姐後，生活逐漸出現轉機。

至少，我是這樣想的。

事情開始有點進展，原本僵持中的局面，
由對方主動打給我作邀約而破了冰。

不懂化妝的我，懂得化出不同的妝容。
不愛打扮的我，愛上搭配不同的造型。

時而性感，時而溫婉，
時而嫵媚，時而冷豔。

一切看似很美好。

由個性 、性格、甚至整個人，
都出現了顛覆性的變化。

閨密說我多了種媚態，
覺得我變美了也很吸引，
但這種不是屬於我的感覺，
又或者說 我已不再像我。

怎麼可能，女靈姐姐都是幫我的。

無雷大家姐也跟我說，
家裡出現一連串的怪事。

她不只一次從浴室鏡的倒影裡，看到不同的女生，還怒目而視；
她洗澡時，有兩個女生站在企缸的磨砂玻璃門外看著她，她說
最少看到過 5 個不同的。

在家裡看電視時，電視一直會自動轉台；
爸爸音響上的按鈕會自動開關；
每次睡覺都感覺到強烈的壓迫感與有被監視的感覺。

與鬼同遊

這不可能，女靈姐姐都是幫我的。
漸漸地，好的壞的，真的假的；
我開始什麼都依賴女靈姐姐。

大約過了兩至三個月的時間，
不知不覺間，我整個人瘦了快三十磅。

朋友們開始擔心我的健康狀況；
而我卻認為朋友妒忌我的蛻變。

日間我如常上班；晚上我遊戲人間。

我開始避開一切認為女靈牌在害我的人。
我不需要朋友 也不需要家人。

同住媽媽再也忍不住去偷看我，
並跟無雷大家姐說我每晚都沒睡；
拿著香水 向空氣中狂噴；
並一整晚自言自語。
她曾嘗試叫我，
但「我」先是沒有焦點的回看她，

然後快速向她轉換了五次表情。

她很怕我出事。

5. 陰牌 - 我想，我開始被魔化了。

無雷大家姐覺得事態嚴重。
於是與媽媽約我到餐廳午餐，

然後如實告訴我被媽媽偷看的事。

「沒可能！我沒印象。」

她們關心地問我是不是誤請了什麼佛牌。

「沒有。」

當她們還想再說點什麼時，
脾氣一向很好的我，
忽然暴跳如雷並即時離開。

離開了餐廳之後，我好像除了佛牌店，
什麼地方都不想去。

與
鬼
同
遊

進入馮比比的靈異世界

過了幾天，媽媽跟無雷大家姐，連罵帶哄般帶了我去離島道堂，
不知道為什麼，我就是不想進去。
裡面有一股讓我作嘔的味道，令我的頭部劇痛無比。
我坐在道堂外，一直不進去。

我看到道堂姨姨，不停的看著我，
然後跟我媽咪和姐姐說話，
說著說著， 媽媽和姐姐都向我看來。
我又無名火起了，很想罵她們。
但我不想進道堂。

回程時，她倆跟我說道堂姨姨處理過好多因為亂拜泰國佛而出
事嘅善信，佢發現我已經被女靈們纏到鬼五馬六，印堂已發黑，
叫我盡快請走佢，否則佢愛莫能助，如果我唔願意請走，就叫
我帶埋自己所有佛像搬走，唔好影響埋同住家人。

雖然不發一言，但我對呢番說話好反感。

更可能係，因為最近事情又像擱淺了一樣，
不進不退，我必須再看看還有什麼聖物可以再供請，我要加大
力度！

當船一泊抵中環碼頭，我又再次前往佛牌店，這次我是直接行
到入靈牌的陳列架。

我一邊看 一邊面露不悅。
因為那裡沒有一件聖物，
讓我感到比現有的更具力量。

「嘩！比比，你做乜瘦咗咁多？」
老闆問。
「我專登減，有無勁啲嘅新聖物？」

「比比，上次嗰個已經好強，
再陰我怕你頂唔順啦！」
「即係有冇？」
「冇，比比，我做呢行廿幾年，
我都唔敢掂超陰嗰瓣，好邪架
你唔好亂嚟啦！」

「哦！」然後我奪門而出。

6. 陰牌 - 我想，我真的走火入魔了

離開了佛牌店，我深深不忿。

我找了家台式飲品店，買了一杯蜂蜜紅茶，胡亂點了一客吐司，便坐下來拿出我的 iPhone 4 立即搜尋一下附近其他的佛牌店。

「本店深入泰北尋找黑巫師，聖物至強至陰，功効非一般陰牌可比！成願特快！如不給力全銀奉還。」

我看一看地址，咀角一笑。
就那麼剛好，就在這間台式飲品店上面的樓上鋪。

天助我也。

打開 14 樓的電梯，一塊黑底銀字嘅招牌

映入眼簾，整蠱專家？唔係。
係「泰 xx 泰國佛牌及陰牌專門店」。

進入馮比比的靈異世界

「隨便參觀。」帶眼鏡的老闆說。

店舖是以黑色為主、連聖物也沒有太多的色彩。

整間店內不同的磁場在互相比較著。

這裡隨手一件聖物的力量都遠超於我擁有的，我也從未感受過怨念這樣重的東西。

最初，我跟第一次請陰牌一樣，有點戰戰兢兢，這裡所有聖物，都是被透明阿克力膠做的外殼保護著。

第一個，我拿起了一根像香煙般長的聖物，由於我常讀法醫查案類的偵探小說，也曾選修有關解剖學的課程，我知道那是人類的手指骨，老闆說這是屬於一名精於賭術者的指骨，強於招財。

我點頭，那刻我不只求財。
於是我放下繼續參觀。

第二個，我拿起一個黑色像樹葉的，

老闆說這是一位名妓的生殖器，強於
挽回感情、招人緣等。

雖有點心動，再次放下聖物。

再往前行了一點，我看到一個寫住全能的天靈蓋，亦即人類的
頭蓋骨！大約手掌般大，入面有棺材釘、錠口錢、一隻手骨同
屍油，老闆話頭骨嘅主人係一個生意女商人，賺錢能力很強、
家庭也很美滿，卻被競爭對手買兇殺死，怨念極重，成願能力
極強！

五靈姐姐在呼喚我，這賓靈絕不能放！

付過比五女靈更高的超高供金，把賓靈姐姐請回家我都沒有一
點點猶疑過。

困擾我的事情好像開始有轉機，
最少我是這麼覺得。

7. 超陰牌 - 我想，這已不再是我了

自從賓靈姐姐加入我的團隊後，
事情有點起色。

我想見的人，主動找我了。
工作上的小人，也忽然向我示好。
經濟上也好了點⋯

可是，這像曇花一現。
剎那的光輝、果然是不永恆的。

雖然連低靈爸爸，也開始跟我說在家中看到我房門自動開自動
關，看見有很多黑影坐在我的床；試過我沒回家的晚上，聽到
我房有嘈雜的女聲；也試過他在天井清潔時，看到幾個女性身
影在洗手間。

以往很喜歡回娘家度假的家姐也不敢回來，聽她說是回來時在
夢中被警告，當然更遑論要她進我房間。

進入馮比比的靈異世界

但對當時的我來說，這並不重要，即使我個性又多了點幹練，
買的衣服款式多了西裝套裙類，從無近視卻無故去看眼鏡或做
出托眼鏡的動作，晚上睡了好像沒睡過一樣。

明天上班著什麼衣服、午餐要不要吃，還是先問五女靈跟賓靈
姐姐好了。

我的專注力，都是放在自己供奉得不夠好所以事情推進很慢。

我決定再次去供請賓靈姐姐的佛牌店問清楚老闆。

當我在問老闆供奉的問題，他卻跟我提及做法事的事。

他說我的問題不單單是依靠賓靈姐姐就能快速解決的，他說可
以代我找泰北的黑巫師，去幫我處理。

與其說處理，倒不如說…
他在引導我請巫師落降。
我知道這很恐怖，
也再一次證明人性比鬼更恐怖。
但我好像不自覺的聽得津津有味。

他首先是說一種運財降，是帶動我的財力，令我變得好運及有錢。

他說只要他們的照片、出生日期及頭髮，
他叫我想想看，身邊哪五位朋友最好運，必需是我真實認識的朋友，他能幫我把所有人的運氣取走集於我一身。

聽到要出賣自己的朋友，
我的理智回來了一點、我拒絕。
然後他再說了不同的我也拒絕。

可是，他早已知道我的軟肋是哪一條，
他跟我說只要合照跟出生日期。
他能把我想見的人拉回來我身邊，
而且他保證，這沒有害對方，
只是施法令對方想見我及掛念我。

我猶豫著。

猶豫的，是因為那是六位數字的法金。
還不是我認為有什麼問題，

進入馮比比的靈異世界

問了五靈姐姐 問了賓靈姐姐，
她們說好。

我走進財務公司，申請貸款。
拿著批出的支票。
彷彿心頭大石已放下

進入馮比比的靈異世界

8. 超陰牌－我想，我終於瘋了

當支票兌現後，我去了銀行。
把戶口裡所有的錢都提出來了。

再次回到佛牌店，我放下了畢生的積蓄
與某人的合照 以及出生日期，我竟然同意
安排落情降，對一個我深愛過的人。

在離開的路上，我開始覺得自己真的瘋了。我是什麼時候變得
如此不擇手段？
但，沒關係，我日後再慢慢彌補好了。
我相信我可以的。

媽咪來電，我心虛了一下，還是不要接好了，免得被煩。

然後接著是大家姐、妹妹、弟弟， 他們輪著 call 我，是發現了
我做的重要事情嗎？

終於，我在接近 missed 了約 80 個 call 時，我接了大家姐的來

電。

「你死 L 咗去邊度呀，係咪想擔心死人呀！」大家姐說。

我：「吓？」

「吓咩呀，您成晚唔返屋企，打比你又打唔到！我哋打算報警
架啦！快啲返屋企！」她說。

我回想，又好似真係，昨天拿到支票，
我立刻跑去銀行 ，然後我好像就一直
坐在銀行對面的 24 小時餐廳等支票過數。

今天一拿到錢，我就立刻跑過來付款。

我拖著疲倦的身軀，回到家。
原來我連五靈及賓靈姐姐們，也留了在餐廳。
屋企鎖匙都無帶，家人們還未回來，
我很睏。坐在門口的鞦韆椅上就睡著了。

「小，您怎麼了？」

進入馮比比的靈異世界

是爺爺？！很久沒聽到他的聲音了。
到底是真還是夢？
我好像分不了真假也很久了。

「你忘了我跟你說長大了要孝順父母，
做個好人嗎？」爺爺說。

「我…」

「聽爺爺話，把所有神神佛佛送走，
它們已開始影響你爸了。」

「爺爺，姐姐們不是這樣的。」我說

「爺爺有冇呃過你？ 我知你而家好辛苦，但呢個係你嘅歷練，
你必須靠自己實力，行過去，乖，唔好信旁門左道，然後記得
提爸爸去睇醫生 。」

我醒過來，一面眼淚。
是羞愧，還是內疚？

是懦弱還是膽怯

還是因為我不相信自己能走出困境？

我終於第一次懷疑自己。

也終於第一次懷疑姐姐們。

9. 超陰牌 - 我想，是時候醒了。

爺爺說的話如同五雷轟頂。

我從手袋中拿起我的化妝鏡，我好像很久沒有好好看過自己一眼了。

從鏡中看到是一個很陌生的自己，現在這個妖豔的妝容，絕不是我會懂得化的，我也不知道，由什麼時候開始穿上的魚網絲襪加襪帶。

我是誰？好像印象也不深。

到底，我還做過什麼 ？
我好似失去咗一段時間嘅記憶。

當我入到房，再次見到房間嘅泰國神壇，
我望住神壇上過百個佛牌佛像，連我自己都好驚訝。

進入馮比比的靈異世界

到底是什麼力量支撐住我行到呢步？

到底係自己原本就利欲熏心、急功近利定係姐姐們將我心底裡面最暗黑嘅部分引爆咗？我開始諗，我應該要點樣處理呢啲佛牌？

當我去到餐廳認領回姐姐們，餐廳經理恨不得我自己直接行去拎完以後唔好再幫襯，佢連掂都唔想掂，無論我隻手或佛牌，我不經意地回望她一眼，她嚇到手提電話都擲埋落地。

再次拎起五靈姐姐，我感覺到佢哋對我發出怒意；而我拎起賓靈姐姐時，透明嘅保護殼，忽然間無故喺我手上裂開並係我嘅手上剝咗個好深嘅傷口，而入面啲屍油不停流入我傷口，我覺得成個人由心而發的寒冷。

然後，我控制唔到自己嘅手腳行出門口，
一出門口我覺得有道光用力撞咗我一下，
然後我暈咗，暈之前我好似真係見到爺爺。

再次張開眼睛，是父母家人擔憂又心痛嘅眼神，我開始內疚同反省，開始真正想靠自己嘅實力去面對所有現實。

嗰晚， 我無意間看到爸爸沒沖得淨的大便，我修讀過一些關於
醫療解剖的課程，而我畢業嘅功課剛好就係講消化系統，所以
從顏色和質地，我已知道那是異常的、也想起爺爺的話，我提
他去做身體檢查。

我手上的傷口仍然刺痛，血不停流，
開始腫起來了。

看著放在如常位置的女靈跟賓靈姐姐。
我開始害怕，我一心想著利用其功效、
卻忘了可能的要面對的副作用又或是等價交換，我從沒想過。

就像我們利用信用卡的方便，但那是要還的，連本帶利，世界
上並沒有免費午餐。

當晚，我夢見女靈姐姐跟賓靈姐姐，
她們不再友善，就像鬧翻了的朋友。

敵人變成朋友，比朋友更可靠。
朋友變成敵人，比敵人更危險。

進入馮比比的靈異世界

我後悔了，後悔自己的衝動

我想回道堂找姨姨了⋯

進入馮比比的靈異世界

10. 超陰牌 - 我想，事情已失控了。

我終於決定面對現實，並打算處理好我嘅一切泰國佛牌與佛像。

爸爸驗身報告有了 ，三期腸癌。
眼淚不停不停的留下來，
一定是我這個不祥人的錯。

再次踏上出發往離島的船，
這次心情很不同。
就像一個考試零分的小孩，
拿著成績表回家的感覺。

內疚、無力、軟弱、害怕
手上嘅傷口也一直在化膿，久治不癒。
每種的百感交集都在煎熬我，無論身心。

姨姨好似知道我會來，她拿著一支我最愛的無糖烏龍茶，在道堂門口等我。
踏進去道堂這一步，彷如隔世。

我以為姨姨會好似上次咁鬧我，
我認為大家都應該會放棄我。

姨姨：「終於醒啦？」
我：「嗯。」

佢望一望然後直接捉緊我受傷隻手，佢叫埋佢師兄，同我入去
內堂。

入到去，師兄換咗紅色道袍，叫我伸出雙手，姨姨在念念有詞，
他們完全沒有碰到我，但我手的傷口不斷冒血、由紅到黑，
我一直忍住那一陣又一陣撕心的痛，我敢肯定，比陣痛更痛！
直到最後一股黑油從傷口中流出來，然後佢哋盡力將我身上的
陰氣驅散，內堂無冷氣，盛夏中我竟然一直標冷汗直到我吐出
一口紫黑色的痰。

我坐了快 30 分鐘，神智才開始清醒一點。
姨姨關愛的眼神，讓我無地自容。

她開始說：「之前我已看到你好陰，好多靈體跟住你，但呢啲

進入馮比比的靈異世界

靈禮可以貼得你咁近，就一定係你自願同正式請入屋的，家神都無辦法處理，你向鬼求事，佢要嘅唔一定係幾口香呀，佢可以要你或是你最愛親人嘅命，點解之前我同你屋企人講要你搬，你請到咁陰，同你住嘅人一定受影響，

特別係男人、陰陽相剋，加上爸爸今年有病君，所以佢會更危險，佢要做手術但最後會吉人天相。」

聽到呢度，所有一直壓抑住嘅委屈，呢刻眼淚好似山洪暴發，一發不可收拾，我再次覺得自己一定係不祥人。

進入馮比比的靈異世界

11. 超陰牌－我想，是時候面對了

呼天搶地了近一個小時，心情開始平伏。

姨姨接著說：「人生每件發生嘅事，都有佢嘅因果，老老實實咁面對咗，好過逃避現實，您要面對十年厄運係因為無量世前嘅冤親債主追到你，但如果還十年債可以解決，係咪都叫有個限期？」

我點頭。

姨姨再講：「由而家開始，發生咗嘅嘢，該面對就面對，該斬斷就斬斷，您而家個腦將所有問題交纏住，好似頭髮打哂結，您越急只會越卡，您要慢慢梳理，一個一個結去解，至於泰國佛牌佛像，解鈴還需繫鈴人，首先唔好再亂求、唔好再增加業障，從何而來從何而去。」

我再點頭，這次真的聽懂了。

回程的船上，我致電把情降的事撤回了，對方答應，但當然沒法收回那些法事錢。

家中壇上的正牌及正神的供奉像，我把他們送到香港一家很大型的佛牌店，在那裡受正式的供奉，但他們不接收陰牌。

我帶上五女靈姐姐想要送回我供請她的泰國佛牌店：

第一次，去到佛牌店，塊牌唔見咗，我肯定有拎，結果塊牌唔知點解留咗係屋企。第二次，在路上，忽然祖母唔舒服要趕回家送她去醫院。
第三次，明明已去到商場，老闆忽然有事第四次⋯第五次⋯如是者，就係送唔到五女靈去佛牌店。

想送賓靈姐姐仲絕望，上到 14 樓，人去樓空！貼晒大字報。似乎呢個老闆呃咗好多善信錢。

每晚他們都似乎在夢中道德綁架我，說得我好像過橋抽板似的，然後每天醒過來，我身上總是出現不同的瘀傷，而且，還像屍班般不能褪色。

有時早上醒過來，我都發現面上又被化上精緻的妝容、又穿上那些性感的衣服，甚至，如夢似真，我覺得有鬼混過的感覺。

進入馮比比的靈異世界

人又再瘦了一圈，眼妝其實不用化，也是渾然天成的煙薰妝。

我望住呢兩塊曾經的戰友，
我不知如何是好。

手機響了，是道堂姨姨。

12. 超陰牌 - 我想，終於有轉機了

我按了接聽的鍵。

姨姨：「係咪有阻滯？我昨晚夢到你。」

我講咗比姨姨聽有兩個仲喺手唔知點算。

姨姨：「您等多幾日啦，我算到你要出遠門，有人會搵你架啦，急唔嚟嘅！」

隔咗 3 日，我請五女靈嗰個佛牌店老闆打嚟。

「比比，上次您搵我之後，其實我夢見佢哋警告我唔准多事，我做咁多年都無試過，您塊牌我唔敢收，但塊牌係我度請，我亦唔想見你出事，我下星期去泰國跑廟，不如您請幾日假，我帶埋你去，睇下泰國師傅幫唔幫到你，放心，你可以搵多個朋友陪你。」

我打了比我閨密，佢二話不說就答應。

出發前，我入多次離島拜一拜，姨姨比咗個平安符我。臨飛之前，其實兩塊戰友已經唔太願意溝通，但我仍然好認真同佢哋解釋，希望佢哋明白。

然後我將兩個牌放咗係 passport 旁邊、全程跟身，我將另一聖物滅魔刀都放咗係背包。

去到機場，我再次確認兩塊牌無忽然唔見，
但發生咗一個小插曲，
其實我唔係第一次出門帶滅魔刀，佢只係一把好細嘅刀，
我從來無試過過唔到海關，唯一係呢次，佢哋竟然因為呢把刀仔帶我入房問話。

入到房，入境處職員打開晒我啲行李，底褲都一條條拆開，然後到我隨身行李手提包，嗰個女職員一見到兩塊戰友，我睇到佢思想掙扎，佢唔敢摸，然後佢男上司行咗嚟，同樣地，佢只睇下我其他行李，再 scan 多次我手提包就放我走，佢哋幾乎扣留咗我成個鐘。

幾經周折終於趕到 27 號閘口，然後因為
忽然間滂沱大雨，飛機要延遲起飛。

與鬼同遊

進入馮比比的靈異世界

我看看手提包，兩位戰友仍在。

終於，飛機起飛了。

13. 超陰牌－我想，找到方向了。

抵達泰國曼谷機場後，佛牌店老闆比我早一班機到，很慶幸他真的在等我們。

十一人的客貨 van 很舒服，店主夫婦跟一個當地翻譯會和我們同行，由於當天很大雨，所以我們先回酒店整理行裝，當天只是去市區內的寺廟參拜，然後去了他不贊（佛牌街）。

老闆晚餐時提我明天集合時間同衣著注意，另外他曾試幫我聯絡制造五女靈牌的巫師，但沒法聯繫，所以只能接下來幾天看看有沒有那個寺或阿贊可以幫我，我跟他說其實我還有一個賓靈要送，他說知道，因他在夢裡中看到 6 個女的，但以為是普通女靈。

然後當晚就回酒店了，晚上沒什麼特別，只是夢中仍見姐姐們對我不屑的表情，然後隔天又多了兩道瘀黑。

早上 6:30，我帶著兩塊戰友和閨密準時踏上老闆的車，原來還有

4 個人會跟隨我們行程,沿路都落大雨,快 3 小時後,到了我們第一個寺廟。

第一家好像叫老虎廟,聽說是泰國刺符跟改運蠻有名的地方,那天我們是第一批到的善信,該寺其中一個有名刺符師傅那天剛好在,希望沒記錯是亞贊布衣,我記得他看了我的手掌,然後又看了我的臉,翻譯問了後是師傅指我未來五年運氣極差,誰聽到會開心呢?然後當中只有我被建議進行刺符 - 五條經文。

泰國刺符就係龍婆或阿贊,直接將符咒或圖案用墨水透過長針或紋身槍刺進善信身上並喺刺嘅過程中對圖案注入法力,完成後會再加持,根據唔同經文或圖案代表唔同功效,而五條經文代表五種功效:增強人緣運、健康、檔險、財運以及升運。

由於刺符唔可以低過腰,所以我選擇左邊上背刺了我第一個刺符,我估唔到,喺寺廟龍婆會用紋身槍。

痛,但我要讓自己記著這種痛。

可是,這寺不可以收我的戰友。寄望下一家,出發。
然後,我們到了亞贊喬師傅的家,

與鬼同遊

師父也是以起運見稱，我記得他看了我一眼，亦是跟翻譯說一樣的說話，只是批得更狠、霉運還有 8 年，再受一次打擊，閨密與其他隨團團友都為我打氣。

然後這次我上背的右邊，又多了五條鑽石經文…功效跟剛才的大至一樣，只是五種運氣該是相輔相成的，因此每條經文均以線條連接，這次是長針刺的、比剛才的更痛，然後幫我做了拉蠟起運嘅法事。

可是，師傅說我的戰友不屬於他
唯有再期望下一家。出發

14. 超陰牌 - 我想，目標在望了

離開了剛才的亞贊喬的家，再次踏上旅途。

連續被兩位師傅說中自己痛處，心裡怪難受的，閨密拖了我的
手一下以示支持。開了一個半小時的車，我們在一個服務站停
下來買飲料，然後我記得在路邊一間攤檔胡亂的吃了一份煎蛋
肉碎飯。

再開了半小時車，再次來到另一家廟，
但因事隔太久，我已忘了寺廟的名字，
我只記得人很多，寺廟蠻大的，一位慈祥的龍婆主持在跟善信
們結緣，輪到我的時候，他看著我微笑
然後這次，終於不刺符了，可是師傅決定幫我做白布起運法事，
佛牌老闆也忍不住過來跟我說，
比比，有一個好消息同一個壞消息，您想聽邊個？

我：好消息先。

老闆： 好多善信專登排哂隊嚟呢間寺，都係想搏呢個龍婆可以

親身幫佢做白布起運，因為通常都係佢嘅徒弟做而佢負責加持，頭先佢同翻譯講，您陰氣同霉運太勁，所以佢會親自幫你做，你執到了。

我：咁壞消息？

老闆：白布起運法事係泰國傳統嘅法事，蓋有獨特經文嘅白布再加師傅念咒，寓意重生、死過翻生，只有運氣差無可差嘅善信先會做，因為法事會令你運氣先直接跌到最谷底，再絕處逢生，佢一陣會再幫您睇清楚，你係唔係真係咁嚴重要做。

當我被白布蓋上咽 10 分鐘，我嘅眼淚不停流，好似真係一個被判死刑嘅囚犯咁，原來自己運滯唔係幻覺係事實。

每次我必定係最後一個上車，而同行團友真係好好人，大家沒有抱怨要等我，反而鼓勵我唔好灰心，叫我樂觀諗或者做咗法事會變好呢、或者下個師傅講嘅唔同呢。

大家的善意謊言，我明白的，剛才顧著哭，忘了戰友的事。
行程只剩最後三個師傅了。
收拾心情出發。

與鬼同遊

15. 超陰牌 - 我想，一步一步吧！

早起、兩次刺符的痛楚加上剛才白布起運的三重打擊，我雙眼放空。

靠在閨密的肩膊上、聽著車外的雨聲，我覺得眼皮好重好重，不知不覺間睡著了。

再次醒過來，車已到了到了亞贊 thep 的家，師傅強於人緣、鎖心、招運，而他出的聖物很吸引、就像女孩的飾物一樣，你真的完全不會抗拒，而且就算係陰牌都唔會覺得佢似陰牌。

有過兩次經驗，就似曾在表演台上唱歌走音的歌手一樣，我逃避師傅的眼神。

隔了一會兒，翻譯話師傅想見我。
要來的，還是躲不了。

師傅向我微笑，我的心卻在淌淚

我以碎碎步行近亞贊 Thep 。跪坐下來，雙手合十，我在等候發落。

師傅跟翻譯說他會把手上帶著的手觸送給我，叫我要一直帶著，這能幫助我提升運氣，另外叫我自己挑兩件聖物，然後他問我是不是帶了五女靈佛牌來，我驚訝一看，因翻譯不知道這件事，於是我把兩位戰友都拿出來。

師傅接著行到壇前點香並把泰國的粉紅色花串分別放在我兩個戰友上，有一串花沒有動，但賓靈姐姐那串花掉了在地上。

師傅跟翻譯說，他認識制造五女靈牌的巫師，他說跟牌溝通後，五女靈願意先跟隨他，稍後由他送回去，較易理解就是手觸是給我當首期，然後叫我再隨意挑意挑兩件聖物當大訂，等於我同意把五女靈牌轉移給他，另外我要為五女靈做一件善事作迴向，後來我去泰國代他們捐了棺材。

但賓靈姐姐唔同意，所以他只好還給我。

我點頭示意明白。

師傅與我一起到壇前，然後叫我拿起五女靈牌 ，他默念後給我
一張符咒布，叫我包著五女靈，之後他用另一塊絲布把手觸跟
我隨手選的兩件聖物包好、然後在壇前交換。

交換後，我真的覺得壓迫感少了。

然後在我離開時，看到五女靈姐姐站在師傅背後笑著跟我揮手
道別。

終於解了一個結。
賓靈姐姐此刻悶悶不樂。

16. 超陰牌 - 我想，快到終點了吧！

可能冥冥中自有主宰，踏破鐵鞋無覓處，
若不是司機誤會了，原本我們行程是不來亞贊 Thep 家的。

跟五女靈牌道別之後，我們就在附近的酒店落腳，很久沒有睡
得那麼穩了。

早上 6:30，再次踏上旅程，團友們說我今日氣息不錯。

老闆上車前，叫我們買多點零食，因下午那個師傅很多善信，
很多人找他算命會等蠻久，腦海裏又閃過一絲期待。

開了 2 小時的車，我們到了亞贊白礦的家，
他開光的三印或五印符管，對夫妻和合、人緣在佛牌界有很好
的口碑，連昨天幫我刺鑽石經文的亞贊都是他的徒兒。

我有點驚訝，師傅的家是那麼的純樸。

大伙兒挑完聖物，便圍到師傅身邊等候加持，此師傅亦強於人

進入馮比比的靈異世界

緣升運等法事，我發現很多時都由當地師傅看完您的狀況後，
會由他建議哪一項法事適合你。

師傅其中一項有名的是貼金升運，即是把曾施咒的金箔貼在善
信面上、較常見的是貼 9 金、32 金及 108 金，金數越多就代表
升運越多 ，而很多善信反饋表示貼金後財運有見提升，而期效
則視乎閣下運氣，運氣越好則越長。

有過頭幾個師傅，我都自覺性地排最後一個，果不期然，在我
們 7 位團友中，
大部分都是 9 金、只有一個是 32 金，
而我當然再次成為大贏家，獲師傅貼 108 金，我好似開始樂觀
接受了。

貼完 108 金之後，基本上您唔會認得我是誰，整面都是金箔或
掉下來的金箔屑。

白礦師傅不收陰牌。

只有最後一個亞贊了。

進入馮比比的靈異世界

17. 超陰牌 - 我想，終於結束了。

離開了阿贊白礦的家。
整架車上的團友，都彷如行走的金佛。
差別只是邊個最金呀我最金；
邊個最黑呀仲係我最黑！

當我學會自嘲，原來反而變成金鐘罩。
反正最運滯咪就最運滯的囉，so what!

經過幾位龍婆或亞贊嘅熱情招待後，
我面皮好像從地基開始增厚了，

一路以嚟係我介意人地點睇自己；
但其實唔代表人地真係咁睇我的，
當連自己都接受了最差的狀況，
內心反而變得平靜。

接住兩個小時的車程中，團友們在車裡唱泰文版的「失戀陣容

聯盟」，我心情開始放鬆了。

老闆說一會下車後，不要去參觀聖物，到了立刻先排隊見亞贊力礦。

白衣亞贊力礦的道行極高，善信遍佈東南亞港澳台中，他擅長於姻緣和合、泰式算命改運及招財升運的法事，他是少數運用古法法門制造佛牌，並堅持所有聖物必須在他壇內受咒至力量充足才讓善信恭請，
他的聖物給力而安全，特別是古曼童與招財蛇爪。

力礦師傅的家很大，有超過 30 人在我前面等候，我遠遠看著有點像四哥的師傅，不知為什麼，他忽然向我看了過來，有種不怒而威的氣勢。

師傅家中養了一隻豬，就像我們家中養毛小孩一樣，牠會在家散步，有時行到供請聖物的地方，有時行到佛堂正中躺下，
反正還有時間，我閒著無聊、便蹲在那豬旁邊幫牠玩抓肚肚⋯
原來豬不喜歡這樣，牠起來噶噶叫了一下，我失重心跌坐在地上，賓靈姐姐從我手提包中掉了出來。

進入馮比比的靈異世界

我一起來，師傅向我招手示意我過去、
翻譯也立刻過來，我初時以為係因為我嚇走隻豬。
師傅叫我把賓靈姐姐放在他面前那個有花的金盤上，我之前見
其他善信是放供金或是有佛牌要給師父加持時會放上去的，於
是我照放。

然後師傅拿出一張好似畫咗一個太陽咁嘅白紙，開始幫我算命，
師傅說叫我不要急、不要慌，我現在已經是快要到達運勢最低
的時候，我命中是注定有兩段婚姻的，真的姻緣還未到，所以
主動斬斷這段姻緣吧；然後還有 5 年很不好的時間，但過了後
運勢會慢慢好轉，叫我在那 5 年內做些對自己有意義的事，例
如讀書，去增值同相信自己，當運勢轉好了就用得著。

最重要嘅一件事，係該年底會有次死劫，到時要好小心，講完
之後，佢比咗個桃紅色嘅古曼童我，提我去邊度出門都要帶住
佢，佢會保護我。

算完命，師傅用紅色墨水，幫我用長針係後背刺咗個好大嘅人
緣鳥符，佢加持時，我很確實咁感覺到一股力量注入。

最後，佢話賓靈唔係一般佛牌，我帶住咁怨念嘅聖物，只會令

我運氣更差，所以賓靈姐姐就係咁嘅情況下，變咗我呢次法事
嘅供金。

就係咁，終於送走埋賓靈姐姐。

力礦師傅講嘅說話我有記在心，
返到香港之後，把婚離了、該面對的事一樣一樣的梳理，
然後在低潮期間完成了我的大學學位。

力礦師傅每次來香港辦法會，我還是會去參加，後來我也有再
去泰國拜訪他。

就這樣，亂請佛牌一事告一段落。
我能走出這次危機，除了自己，
還有身邊家人、朋友的不離不棄。

我和古曼仔的緣份，會另篇分享。

18. 我的古曼寶寶

古曼童（又稱靈童）係當一個可憐豬嘅嬰靈同意歸依我佛，泰國寺廟正統嘅龍婆（和尚）或白衣阿贊（法師）就會幫手將佢哋嘅靈魂注入一個佛牌／泥像／人偶像，令佢哋可以透過協助供養佢哋嘅人，嚟賺取功德而可以早日再投胎為人，佢哋唔係萬能，但係善良唔會傷害供養者嘅。

鬼仔（又稱碌葛）只有黑巫師先會透過巫術將人胎屍體而製，唔需皈依，以佢嘅怨氣發力（最勁係由死於非命兼一屍兩命嘅孕婦肚中取出嘅嬰屍），性情就好似羅家英評論無相王一樣「好難捉摸呀！」，只要討佢哋歡心就可以得到最大嘅幫助，但佢哋係會妒忌，甚至傷害供養者或佢屋企人。

呢個就係古曼童同鬼仔嘅分別。

話說在送走五靈同賓靈姐姐之路，我跟佛牌店老闆去泰國跑寺廟時第一次見到泰國白衣師傅亞贊力礦，師傅其中一種有名嘅聖物就係古曼童而且佢算命亦都好準，佢算當時算到我年尾會有一個死劫，佢免費結緣咗一個古曼仔比我旁身，佢教我點念

進入馮比比的靈異世界

經、供養，叫我去邊度出門都一定要帶住佢，佢會保護我安全，就係咁，我做了古曼仔的媽媽。

我回望嗰年，都有好幾次驚險嘅事，唔知，係咪就係力礦師傅講嘅死劫。

嗰年年中，本來我有個台灣朋友約我去台灣玩幾日，我記得佢話行程嘅第二日會帶我去八仙樂園派對，我機票都買咗，但係成日出門嘅我，偏偏就係嗰次老貓燒鬚，臨出發前嗰晚，先留意到原來護照過咗期，去唔成，後來新聞隔兩日就報咗八仙樂園塵爆嗰次重大事故，幸好我台灣朋友也沒去。

然後有次，我記得嗰日，我發燒所以一個人留咗喺屋企休息，訓到完全無反應，跟住我聽到有把小朋友聲，不停喺我耳邊講「媽咪起身呀！」，我一醒已經成間屋都充滿煙霧同好嗆鼻嘅燶味、原來屋企人開咗火煲水唔記得咗，我即刻跑去熄火，再打開晒啲窗，我睇返電話，管理處加屋企人打咗過百次我都聽唔到，除咗古曼仔，我諗唔到邊個叫醒我。

另外又有次我心不在焉，一路行一路諗緊嘢，當我準備過馬路時，忽然有把細路仔聲：媽咪，小心呀，我好自然停一停，點

知有架貨 van，就喺我面前高速經過，如果唔係嗰下，我可能
已被撞死。

有追文嘅讀者應該知我會成日都會去離島道堂，古曼仔不是鬼，
比比沒有學法修道，所以我從未見過佢，但係道堂姨姨話古曼
仔好鐘意我呢個媽咪，佢亦明白我曾為愛情受重傷，而家佢大
字型咁擋晒我嘅桃花，唔比任何男人傷害我，所以我只會一直
單身。的確、嗰陣一係無人追，一係就算有，都總係無疾而終。

重點係佢見到古曼仔好瘦，應該係我供養嘅方法唔啱。
嗰時我覺得只有佢保護我而我又幫唔到佢，供得唔啱之餘又影
響自己，於是我將古曼仔送返去泰國力礦師傅度，我一直都有
仍然做善事迴向比佢。

後來去到「白無垢 」嗰次竹賴咗嘢，我又入去離島道堂解，姨
姨話古曼仔感應到我有危險，佢擔心我返嚟保護我，一來佢童
身唔喺我身邊，而且小朋友力度有限，只有捱打的份兒，結果
姨姨話佢比「白無垢」打到好傷，嗰刻我覺得好內疚同古曼仔
好可憐，接下來我有加大力度，盡力迴向比佢。

到了 2019 年，有次我又入離島道堂，

與鬼同遊

進入馮比比的靈異世界

嗰陣我係拖都未拍，道堂姨姨已預告我會閃婚，連老公外型同國籍都描述咗我知，然後佢話古曼仔功德應該夠了，佢見到已變成可以投胎的形態，佢話古曼仔唔捨得我，喺我身邊等緊投胎，所以我婚後不夠一年就會懷孕，而且會是兒子，是古曼仔來報恩的。

我原本係半信半疑，因為命格上我嘅子女緣好薄，而且醫學上我自細已有婦科問題好難受孕，結果，姨姨說的都一一應驗哂。

無論如何，我相信呢個係天意唔係巧合，
我相信呢幾年嚟人生對我嘅磨鍊，係令我更堅強更平常心去面對所有難題。

古曼仔曾經盡力去護我周全。

餘生我會盡最大嘅努力去保護返由佢托世嘅兒子。

作者其他作品：

馮比比天生陰陽眼，見鬼已是靈異日常，她受法科師傅的啟發，三個月前開始在社交媒體分享自己的靈異日常，瞬間熱爆網絡。她隨即精選當中有代表性的故事輯錄成書，本書的預訂三天內已過千單，可見香港熱愛睇鬼書的人大有人在；而在睇書的人越來越少的情況下，竟有如此驚人的吸客能力，可見馮比比的靈異經歷與眾不同，你絕對未聽過，具 100% 的新鮮感和驚嚇度！

· 便宜 must 貪？作者一個「貪」字，參加了五日四夜的「猛鬼」旅行團，衣食住行都有猛鬼同行⋯⋯

· 去日本體驗下穿和服，摸一下和服質地而已，竟然招惹了白娘子報復，令作者苦不堪言。

· 人睇樓，作者睇樓，她租樓竟遇上「麻甩鬼」。睇樓變撞鬼，未入住已經被鬼搞！

· 時運低，險些墜入鬼招親！作者竟然被鬼睇中，厲鬼死纏不休，非娶她不可！

· 搭的士！送女鬼！坐坐吓的士，突然身邊多了一個⋯⋯，馬上落車，還是繼續當無事？

· 鄰居紅事變白事，作者搭 lift 撞見沒有上半身，只有穿著紅色裙褲、腳踏紅色繡花鞋的腳⋯⋯

· 一位一直幸福滿瀉的朋友，遭逢喪夫之痛，亡夫現身求作者圓未了的心願⋯⋯

馮比比堪稱「新一代鬼王」，

一頓午餐的價錢，可以讓你睇足 21 個真實靈異事件！

驚喜‧驚嚇‧驚到你又喊又笑！